AF453259

BIBLIOTHÈQUE MORALE

DE

LA JEUNESSE

—

3e SÉRIE PETIT IN-8º

———

Ce Volume, approuvé par la Commission d'examen des Livres destinés aux Bibliothèques scolaires, est inscrit au Catalogue des Ouvrages indiqués au choix des Instituteurs comme pouvant être donnés en prix dans les Écoles primaires publiques.

Je trouve qu'il y a plus de talent dans un seul
des arbres de ce tableau que dans celui
du célèbre professeur.

(*Confiance en Dieu.*)

LA CONFIANCE

EN DIEU

TRADUIT DE L'ALLEMAND

PAR F.-C. GÉRARD

ROUEN

MÉGARD ET Cᵉ, LIBRAIRES-ÉDITEURS

1879

LA

CONFIANCE EN DIEU.

I.

ADALBERT DE WILDSTROM.

Dans la rue la plus belle et la plus animée d'une grande ville de l'Allemagne, s'élevait un palais magnifique, qui brillait entre tous les autres édifices et manquait rarement d'attirer les regards des passants. Il était tout en marbre de couleurs variées, et la façade était décorée de colonnes élancées et de riches ornements dans le meilleur goût de notre époque. Ses grandes fenêtres en plein cintre indiquaient que l'architecte qui l'avait construit s'était inspiré de ce que l'art grec a de plus noble et de plus pur. On n'avait rien épargné pour que cet édifice surpassât en magnificence tout ce qui l'entourait, même le palais du prince. C'est là que demeurait le comte de Wildstrom avec son épouse et son fils Adalbert.

Le comte était assis dans son cabinet, devant une table en acajou du travail le plus précieux, un véritable chef-d'œuvre d'ébénisterie, et considérait avec attention deux grandes peintures dont on lui proposait de faire l'acquisition. Pour les juger avec plus de précision, il les avait placées sur la table, dans leur jour le plus favorable, et portait alternativement les regards sur l'une et sur l'autre. Il laissait de temps à autre échapper quelques paroles entrecoupées, et paraissait irrésolu : il ne savait auquel des deux tableaux donner la préférence.

Son irrésolution eût duré sans doute plus longtemps encore, s'il n'eût été arraché à sa perplexité par le bruit de pas précipités qui retentirent sur le pavé de marbre de l'antichambre. La porte s'ouvrit, et le jeune comte Adalbert entra dans l'appartement en fredonnant une chanson.

— Eh bien! mon cher père, je vous trouve encore plongé dans la contemplation! Vous ne sortirez donc jamais de vos idées de peinture? s'écria-t-il en riant aux éclats. Combien d'argent jetterez-vous encore par la fenêtre, pour satisfaire cette dispendieuse fantaisie? Il me semble que votre galerie est assez pleine pour ne pas y pouvoir faire entrer le tableau le plus exigu.

En prononçant ces paroles, il promenait avec un air ironique ses regards sur les murs de l'appartement, couverts de peintures dans des cadres dorés. Le vieux comte remarqua l'air de son fils, et lui répondit avec dépit :

— Mon cher fils, tu sembles toujours oublier que c’est, pour les riches et les puissants, un devoir de protéger les arts ; et c’est pour eux un honneur, lorsqu’ils le font avec goût. Que deviendraient les artistes, s’il ne se trouvait personne à qui ils pussent vendre leurs productions ? Rappelle-toi, mon fils, qu’il faut encourager le talent.

— Bien, bien, mon père, interrompit Adalbert avec précipitation, comme s’il craignait un long discours sur la peinture ou la sculpture. Vous trouvez bon d’acheter une toile couverte de peinture ; je n’ai nullement l’intention de dire que vous avez tort. Achetez autant de tableaux qu’il vous plaira, vous êtes assez riche pour satisfaire vos fantaisies. Je ne venais pas, au reste, pour vous parler de peinture, mais pour vous montrer les certificats que m’ont donnés mes professeurs ; ils prouvent que je suis assez avancé dans mes études pour prendre les leçons de l’université. Je vous en prie, lisez.

Le vieux comte prit avec un air indifférent, qui prouvait que c'était avec déplaisir qu'il était troublé dans son occupation favorite, le papier que lui présentait son fils, et il le posa sur la table sans le lire.

— Nous parlerons de cela tout à l'heure; pour le moment, il ne s'agit pas d'université; je veux que tu m'aides dans mon choix: voilà deux tableaux qui me sont offerts, et je ne sais vraiment auquel des deux je dois donner la préférence, quoiqu'ils soient d'un caractère bien différent. Cette *Hélène sur les murailles de Troie* est du professeur H...., qui jouit d'une réputation justement méritée. Si ce n'est pas un chef-d'œuvre, c'est bien peint, bien dessiné. Il y a dans cette composition un véritable talent. Cet autre tableau est un simple paysage; c'est bien, très-bien; mais le peintre est un inconnu, un homme sans réputation.

— Comment s'appelle-t-il? Est-ce un artiste vivant?

— Très-vivant. Il s'appelle David Wald.

— David Wald! s'écria Adalbert; c'est bien là son nom? Vous ne vous trompez pas?

— Nullement.

— C'est une chose étrange, murmura Adalbert. Quel est cet homme? où demeure-t-il?

— Tu ne le connais pas? C'est notre voisin, un pauvre diable. C'est sa femme qui est venue m'apporter ce tableau. Tout son extérieur annonçait la misère et la souffrance nées de longues privations. Elle m'a fait de la peine. Je dois avouer que c'est bien peint; mais le prix demandé est exorbitant.

— Combien demande-t-il de son tableau?

— Cinquante louis! C'est une prétention inqualifiable; un inconnu!

— Que vous demande-t-on pour cet autre tableau?

— Celui-là est pour rien : 200 louis.

— Vous appelez cela pour rien?

— Sans doute, une *Hélène* de l'illustre professeur H...., qui donne des leçons au fils du grand-duc, qui a reçu des présents de tous les souverains de l'Europe ; enfin, une célébrité. C'est pour rien ; aussi je me décide à le garder.

— Et celui-là ?

— Je le rendrai. Avec la meilleure volonté du monde, je ne puis l'acheter ; je n'ai pas de place pour le mettre.

— Je suis désolé, mon père, de n'être pas de votre avis ; je trouve qu'il y a plus de talent dans un seul des arbres de ce tableau que dans toute la personne d'Hélène du célèbre professeur, dit Adalbert avec un sourire moqueur.

— Je ne cherche pas à déprécier le mérite de l'artiste qui a peint ce paysage ; mais songe donc qu'il n'a pas de nom, pas de réputation. Il me paraît déraisonnable de demander 50 louis pour son tableau. Si je fais l'acquisition de l'œuvre de ton protégé, que je lui accorde une place dans ma collection, que répondrai-je à mes nombreux visiteurs, qui sont tous, tu le sais, des amateurs distingués ? Oserais-je dire que c'est l'œuvre d'un peintre inconnu ? Je me couvrirais de ridicule aux yeux des plus simples amateurs, et je perdrais la réputation de connaisseur.

— Je me rends à vos raisons, mon cher père. Je vous avouerai, cependant, que je ne savais pas que vous achetassiez des noms d'artistes, et nullement des tableaux. Vous n'encouragez le talent, je le vois, que lorsqu'il est généralement connu, et qu'il n'a, par conséquent, plus besoin d'encouragement. Quant au génie inconnu, caché, souvent même malheureux, vous le laissez mourir de misère. Peu m'importe, au reste. Je vous prie de faire, pour l'amour de moi, acquisition de ce tableau ; je commence à prendre goût à la peinture, et je vous avoue que celui-ci me plaît beaucoup.

— Que ne parlais-tu, mon cher Adalbert? Je suis heureux de te voir des goûts qui font honneur aux hommes de notre condition. Puisque tu désires posséder ce tableau, tu seras satisfait ; je t'en fais cadeau.

— Mon père, je vous remercie. Je vous demande maintenant de mettre le comble à votre générosité en envoyant sur-le-champ à cette pauvre femme le prix du tableau de son mari ; je suis sûr qu'elle a grand besoin de son argent.

Sans attendre la réponse de son père, Adalbert sonna. Un domestique parut, et le comte lui donna 50 louis d'or, qu'il lui commanda d'aller porter sur-le-champ au peintre Wald, comme prix de son tableau.

— Eh bien ! maintenant, mon cher fils, parlons d'autre chose ; comment as-tu passé tes examens ?

Adalbert prit les certificats d'examen qui étaient sur la table, et les présenta à son père. Le comte les lut, et un sourire de satisfaction erra sur ses lèvres.

— Très-bien ! très-bien ! dit-il à son fils ; tu ne m'as pas fait perdre mon argent, et j'étais sûr, mon ami, que tu l'emporterais sur tes condisciples ; je ne regrette plus aujourd'hui les sommes considérables que j'ai dépensées pour ton éducation. C'est là, tu le vois, un des plus grands priviléges de la fortune : nous pouvons conserver notre supériorité, parce que nous pouvons sacrifier à notre instruction des sommes qui ne se trouvent pas dans les mains des gens de basse condition.

— Cependant, mon père, j'ai été surpassé par un de mes concurrents.

— Surpassé ? C'est impossible !

— Je vous déclare que je ne me sens pas digne d'entrer en lice avec le lauréat du concours.

— Serait-ce le comte de Walden ? le baron de Linden ? le jeune seigneur de Rostein ? C'est impossible ! je les connais trop pour cela.

— Vous avez raison, ce n'est pas d'eux qu'il s'agit ; j'ai été vaincu par un inconnu, un pauvre jeune homme qui n'a d'autre fortune que son amour du travail.

— Quoi ! un homme de rien ! s'écria le comte.

— Mon Dieu, oui, un jeune homme sans for-

lune, et riche seulement en esprit, en intelligence et en nobles sentiments. Il s'appelle
Georges Wald. Son père est un peintre pauvre,
mais plein de talent ; c'est l'auteur de la *Partie
de chasse* dont vous venez de me faire si géné-
reusement cadeau.

— Et c'est ce tableau que tu as voulu que j'a-
chetasse ! s'écria le comte de Wildstrom avec
une expression de surprise comique ; tu m'as
demandé comme une grâce d'acheter un tableau
peint par le père de ton vainqueur ! Tu me
trompes dans mon attente, mon pauvre Adalbert ;
je te croyais animé d'un noble orgueil, d'une
ambition généreuse, et je te trouve assez in-
sensé pour voir d'un œil indifférent le triomphe
de celui qui t'a vaincu ; et quel vainqueur, grand
Dieu ! s'écria le comte en élevant la voix dans
une sorte de frénésie qui arracha à son fils un
léger sourire, un homme de rien ! Toi qui comptes
une longue suite d'ancêtres glorieux et es l'élève
des professeurs les plus célèbres et surtout les

plus chers de la ville ! Cela, je te l'avoue, surpasse mes prévisions ; j'en suis confondu.

— Mais, mon cher père, ni les maîtres, quelle que soit leur science, ni une illustre origine ne donnent la sagesse, si l'élève n'y est naturellement porté. Vous savez quel temps j'ai perdu dans les salons et au milieu des plaisirs de toutes sortes. C'est ce même temps que Georges Wald employait à acquérir des connaissances et à cultiver son esprit. Ne vous étonnez donc pas qu'il m'ait surpassé. Cependant je vous promets de rattraper à l'université le temps que j'ai perdu.

— Je t'en supplie, mon cher enfant, ne va pas te fatiguer par un excès de travail ; n'oublie pas que tu es le dernier de ma race, et que c'est sur toi que reposent mes affections. Au reste, à quoi bon acquérir autant de connaissances ? Je suis fou de t'exciter à briller au premier rang ; laisse les roturiers triompher ; tu es riche, mon fils, puissamment riche. Les connaissances sont pour toi un ornement agréable, elles ne sont pas une nécessité, comme chez les gens qui sont obligés de s'en servir pour soutenir leur misérable vie. Je te recommande, je t'ordonne même de ne pas te fatiguer.

Adalbert se mit à sourire et répondit à son père :

— Mais, mon bon et cher père, comment voulez-vous que j'acquière des connaissances solides, si je ne travaille pas avec une application soutenue? Vous voulez que je me distingue; ce sera pour vous un sujet d'orgueil que de voir votre fils cité comme un modèle de science et regardé partout comme un homme distingué par ses connaissances. Pourtant, vous me fermez vous-même le chemin qui me conduirait à ce but si désiré par vous. Comment dois-je, comment puis-je remplir vos désirs ?

— C'est ton affaire, et non la mienne, répondit le comte, qui se voyait poussé jusque dans ses derniers retranchements et ne trouvait pas d'issue pour sortir de ce labyrinthe. Je suis persuadé que tu suivras la route qui te conduira droit au but vers lequel tendent mes désirs. Je me bornerai à te demander à quelle branche de la science tu comptes te destiner.

— Je n'ai pris encore à ce sujet aucune résolution. Vos richesses, mon père, me dispensent de suivre une carrière exclusive ; je crois que le plus sage est de voir, d'essayer, et de me décider ensuite pour ce qui me sourira le plus.

— Je suis de ton avis : il faut d'abord voir ce qui pourra te convenir ; tu feras ensuite ton choix, répondit le comte, qui flottait entre le désir de voir son fils acquérir des connaissances et briller dans le monde, et la crainte de le voir se fatiguer par un excès de travail.

Cependant, il ne pouvait hésiter plus longtemps. Et il lui demanda quand il voulait partir pour l'université.

— Demain, si vous le permettez, répondit Adalbert.

— Non, pas demain, mais après-demain ; je

veux donner demain une petite fête, et je vais même, de ce pas, m'entendre avec ta mère pour savoir ce que nous devons faire pour lui donner un peu d'éclat; suis-moi chez elle, mon cher Adalbert.

Le comte sortit de son cabinet avec son fils, et, après avoir traversé de riches galeries, il entra dans l'appartement de la comtesse, et lui communiqua les intentions d'Adalbert.

— Mon cher Adalbert, lui dit-elle, je t'en supplie, ne pars pas si promptement; il te faut faire des préparatifs convenables à ta naissance, et, pour cela, une journée tout entière n'est pas suffisante.

Adalbert insista et finit par persuader sa mère qu'il était inpossible qu'il restât plus longtemps. Dé guerre lasse, la comtesse de Wildstrom consentit à ce qu'il partît le surlendemain. Le jour même fut consacré aux préparatifs de la fête donnée à l'occasion du départ du jeune homme.

Le lendemain au soir, les vastes et riches appartements du comte étaient resplendissants de lumières. Toute la noblesse de la ville avait été invitée à cette fête et se pressait autour d'Adalbert, en l'honneur de qui la fête était donnée. On lui serrait la main, on se plaignait de ce qu'il devait s'éloigner pour plusieurs années, et ceux qui tenaient à conserver la faveur du comte l'accablaient de protestations d'amitié.

— Ma foi, se disait Adalbert, c'est une bonne chose d'avoir des parents riches ; car on a une foule d'amis qu'on ne se connaissait pas et qui se révèlent spontanément.

Le repas fut splendide.

Le lendemain, Adalbert prit congé de ses parents, et monta, avec son gouverneur, dans une voiture de voyage dont les portières étaient décorées des armes du comte. Quatre chevaux vigoureux furent lancés au galop par le postillon, et la voiture brûla le pavé. Notre jeune voyageur passa à côté d'un jeune homme à l'air modeste, et dont les vêtements annonçaient la médiocrité. C'était le compétiteur d'Adalbert. Celui-ci le salua, en passant, d'un air affectueux.

II.

GEORGES WALD.

A l'heure où Adalbert entrait dans le splendide cabinet de son père, dans une petite maison du voisinage Georges Wald ouvrait la porte du modeste logement occupé par ses parents et se glissait doucement dans la chambre, s'approchait du lit qui en occupait un des côtés et se penchait en retenant son haleine, dans la crainte de réveiller celui qui y dormait.

— Mon père dort, murmura-t-il tout bas : j'attendrai jusqu'à ce qu'il se réveille.

Il s'approcha de la fenêtre, s'assit et jeta des regards mélancoliques sur le jardin rempli d'arbres au vert feuillage et de fleurs odorantes qui répandaient dans les airs leurs senteurs embaumées.

Georges était un beau jeune homme. Son front élevé était ombragé de cheveux châtains, ses yeux étaient bleus, sa taille mince et haute, et toute sa personne produisait une impression profonde qui provoquait la bienveillance. Malgré sa jeunesse, le souffle empoisonné du malheur avait déjà flétri la fraîcheur de son visage et donné à ses traits une expression sérieuse et mélancolique. Dès sa plus tendre enfance, il avait connu la misère. Ses parents étaient bien pauvres; son père, peintre d'une grande distinction, était depuis longtemps attaqué d'une maladie qui minait lentement les sources de sa vie. Sa mère, femme aussi douce que pieuse, travaillait nuit et jour pour subvenir aux besoins les plus pressants de la maison, et Georges l'assistait de tout son pouvoir et consacrait à des leçons particulières le peu de temps qu'il arrachait à ses études opiniâtres. C'est ainsi que cette bonne et vertueuse famille, qui n'était soutenue dans son affliction que par sa confiance en Dieu, avait passé une partie de sa vie en se privant du nécessaire, pour que Georges pût faire ses études, et le moment était arrivé où l'étudiant devait entrer à l'université.

La porte s'ouvrit doucement une seconde fois ; malgré la précaution avec laquelle on entra, Georges fut tiré de sa rêverie : c'était sa mère. Elle vint à lui, appuya avec tendresse son bras sur son épaule et lui demanda d'une voix empreinte d'une émotion dont la cause était dans un excès d'amour maternel :

— Eh bien ! mon cher enfant, as-tu passé ton examen ?

— Oui, ma bonne mère ; le ciel a exaucé nos prières et récompensé mes efforts : j'ai obtenu la première place.

Sa mère leva vers le ciel ses yeux humides et remercia Dieu de sa protection.

— Tu es un bon et excellent fils, ma consolation, mon appui dans la misère qui, depuis tant d'années, a appesanti sur nous sa main de fer. Que le Seigneur te bénisse !

— Georges ! cria une voix sourde et rauque.

Le jeune homme se leva précipitamment et se dirigea vers le lit du malade.

— Mon père, demanda-t-il avec douceur, veux-tu quelque chose? Me voici, je suis près de toi.

Il prit la main du vieillard et la porta respectueusement à ses lèvres.

Le malade se retourna lentement sur sa couche de douleur, considéra en silence le visage pâle et maigre de Georges, et lui dit :

— J'ai entendu ce que tu viens de dire à ta mère. Cette bonne nouvelle m'a comblé de joie; je suis heureux de voir que Dieu a béni tes courageux efforts. Je mourrai plus tranquille maintenant que je sais que ta mère aura en toi un soutien pour ses vieux jours. Lis-moi tes certificats d'examen.

Georges retint des larmes prêtes à lui échapper ; ses lèvres tremblaient, et tout son visage était contracté par une douleur qu'il cherchait à dissimuler ; il tira de sa poche les papiers qui lui avaient été donnés par les examinateurs, et commença d'une voix tremblante, puis d'un ton plus calme et plus ferme, les louanges dont il avait été comblé et qui prouvaient la distinction avec laquelle il avait été accueilli. Ses bons parents l'examinèrent en silence jusqu'à ce qu'il eût terminé sa lecture. Sa mère l'embrassa avec effusion et se montra fière des succès de son fils ; son père serra sa main dans ses mains défaillantes. Dans ce moment, une douce joie vint illuminer les visages, et leur fit un instant oublier leur triste position ; mais ils furent bientôt rappelés à la réalité déplorable ; les succès mêmes de Georges leur laissaient plus vivement encore sentir les horreurs de leur position présente. Eux qui disputaient à la misère le pain de chaque jour, et qui s'estimaient heureux quand ils pouvaient arriver à la fin de l'année sans avoir fait de dettes et subi trop de privations, allaient avoir à faire des dépenses considérables pour envoyer leur fils à l'université.

— Qu'allons-nous faire? dit Wald en soupirant. Où allons-nous nous procurer l'argent nécessaire pour payer les frais des études universitaires ?

Georges comprenait la difficulté de la position de ses parents, et il n'osait se révéler à lui-même les impossibilités qui allaient venir entraver ses études. Sa mère avait les yeux fixés sur la terre, et elle resta pendant quelques instants dans cette position ; puis elle dit en levant les yeux vers le ciel :

— Dieu viendra à notre secours ; c'est en lui que je mets ma confiance, et en la sainte Vierge. Le Seigneur lit au fond de notre cœur ; il connaît toutes nos pensées. Nous avons toujours rempli nos devoirs religieux, comme il convient à de bons catholiques. Ecoutez, mes amis, ce que j'ai fait. Hier matin, en montant au grenier, j'adressai au ciel ma prière accoutumée et implorai la protection du Seigneur. Je tombai à genoux, et je me sentis animée d'une foi plus grande encore qu'à l'ordinaire; je priai pour toi, mon pauvre Wald; je priai pour toi, mon bon Georges. Je demandai à Dieu de veiller sur vous, et je lui offris nos douleurs en sacrifice. Je pensai aux soucis qui nous assiégent et à l'avenir de Georges, si compromis par notre pauvreté; je lui demandai de faire pénétrer la consolation dans mon cœur. Après être restée pendant une demi-heure absorbée dans la prière, je me levai, et mes regards tombèrent sur un tableau de toi, mon cher mari, la *Partie de chasse*, qui est depuis si longtemps accroché dans un coin du grenier et n'a jamais trouvé d'acheteur. Je le pris, je l'époussetai, et, quand j'eus enlevé la poussière qui le couvrait, je le trouvai plus beau qu'il ne m'avait jamais paru ; et comme si une inspiration divine fût venue animer mon esprit, je pensai sur-le-champ à l'envoyer au riche comte de Wildstrom et à lui proposer de l'acheter. Je détachai le tableau de son clou, je nettoyai soigneusement le cadre, et, après l'avoir mis sous mon manteau, je gagnai rapidement la rue. En entrant dans ce palais splendide, je me sentis le cœur serré par une crainte que je ne pouvais maîtriser, et je fus sur le point de m'en retourner sans avoir parlé au comte. Mais en pensant à Dieu, à la confiance que j'avais mise en lui, à toi, Georges, qui as si grand besoin de continuer paisiblement tes études, sans avoir à lutter contre le besoin, le courage me revint ; je montai résolûment les degrés de marbre, et je frappai timidement à la première porte qui se présenta à moi. On l'ouvrit, et la première personne qui frappa ma vue fut le vieux comte lui-même, dont l'accueil plein de bienveillance ranima mes espérances. Il me fit entrer dans son cabinet, me fit asseoir près de lui, et me mit dans un tel état de liberté d'esprit, que je lui fis ma proposition sans trop d'embarras. Le comte prit le tableau de mes mains, le plaça sur un riche meuble en acajou, et le contempla pendant quelques minutes avec attention. Mes regards se fixèrent sur son visage, comme si j'avais pu y lire ce qui se passait dans son esprit. Il marmottait quelques mots inarticulés, remuait la tête avec un air d'approbation et paraissait enchanté du tableau. « Qui est-ce qui a peint cela ? me demanda-t-il. — Mon pauvre mari, qui est fort malade, » répondis-je d'un air timide. J'espérais qu'il m'adresserait quelques paroles d'éloge ou de consolation ; il se contenta de me regarder des pieds à la tête, et reporta ses regards sur le tableau. Il me semblait que j'étais sur des charbons ardents ; mon pouls battait avec force, et mon cœur soulevait avec impétuosité les parois de ma poitrine. « Combien coûte ce tableau ? »

demanda-t-il. Je lui dis presque involontaire-
ment : 50 louis d'or. Le comte me regarda en
ouvrant de grands yeux, et me répondit : « Ma
chère femme, c'est une bien grosse somme que
vous me demandez là ; mais je réfléchirai. Voulez-
vous me confier le tableau jusqu'à demain ? —
De grand cœur, » lui répondis-je. Et je me
retirai, après lui avoir fait une profonde révé-
rence. Je ne sais comment je suis revenue ici.
La tête me tournait et le cœur me battait avec
force. Ce ne fut que dans notre pauvre demeure
que je revins à moi, et je ne fus entièrement
calme que quand j'eus adressé à Dieu une fervente prière. Je vaquai alors à mes affaires,
m'occupai des mille petits travaux de la maison,
et vins ensuite m'asseoir tranquillement à tes
côtés, mon cher ami. J'avais, dans le principe,
formé le projet de ne t'en rien dire ; mais le
milieu du jour est arrivé ; j'ai vu que nous nous
préoccupions tant de l'avenir, qu'il m'a été
impossible de garder mon secret. Il est évident

que le comte gardera le tableau et nous enverra
la somme d'argent que je lui ai demandée ; ne le
crois-tu pas ?

Le malade secoua la tête en souriant avec mélancolie.

— Je n'ose rien espérer, ma pauvre femme ;
c'est justement cette *Partie de chasse* que j'ai
jadis tant de fois offerte et pour laquelle je n'ai
jamais trouvé un seul acheteur qui me donnât
2 louis. Tu te berces, ma chère, d'une espérance
vaine.

— Néanmoins, cette peinture est fort belle,
reprit vivement Mme Wald, qui ne voulait pas
laisser son mari sous le poids d'une impression
si pénible, et j'ai vu beaucoup de peintures infé-
rieures à la tienne qui étaient payées un prix
très-élevé.

— Oui, ma chère femme, reprit le malade
avec un sourire rempli d'amertume, si le mérite
était toujours récompensé, je pourrais avoir
quelque espérance ; mais tu ne connais pas les

hommes. Cependant, comme tu le dis, cette peinture est bonne ; je crois ne jamais avoir fait de meilleur tableau. Si le ciel pouvait détourner de nous ses regards courroucés et daignait faire descendre dans l'esprit du comte une bonne pensée, que je serais heureux ! Avec quel calme j'envisagerais l'approche du trépas, qui me fait aujourd'hui tressaillir d'épouvante ! Mais je me laisse entraîner, comme toi, à de folles idées.

Wald se tut et cacha dans son oreiller son visage amaigri par la souffrance. Georges détourna la tête pour cacher les larmes brûlantes qui coulaient le long de ses joues ; sa mère, pleine de confiance dans la bonté divine, levait les yeux au ciel ; elle s'écria d'un ton inspiré qui indiquait la piété dont son âme était remplie :

— Que la volonté de Dieu s'accomplisse ! Mon espérance en son secours paternel ne faillira jamais ; il prendra pitié de nous, qui l'avons mérité par notre résignation.

Elle venait à peine de proférer cette dernière

parole, qu'on entendit frapper à la porte, et un domestique en riche livrée entra dans le pauvre réduit.

— Je viens, dit-il en faisant un profond salut, vous présenter les civilités de M. le comte de Wildstrom, mon maître, et vous apporter le prix du tableau de M. Wald.

Un cri de joie s'échappa de la bouche de Mme Wald, et elle regarda d'un air de triomphe son époux et son fils. Ceux-ci n'en pouvaient croire leurs oreilles, et jetaient d'un air de surprise les yeux sur le rouleau d'or que le domestique avait déposé sur la table. Ce dernier se retira, après avoir joui pendant quelques instants du bonheur de cette honnête famille.

La mère rompit le rouleau par le milieu, et des pièces d'or brillantes en sortirent et tombèrent sur la table en rendant un son qui frappait agréablement l'oreille. Georges s'approcha et attacha sur son père des regards pleins de joie. Un sourire vint animer pour un moment les joues pâles du malade; il tendit vers sa femme ses mains amaigries, et lui dit d'une voix entre-coupée :

— Ma chère et bonne femme, que je suis heureux ! Il me semble que je renais à la vie, que l'air circule plus librement dans ma poitrine.

La bonne Mme Wald ne put résister à l'attendrissement qui la dominait; elle se jeta à genoux auprès du lit de son mari et donna un libre cours à ses sanglots. Ses yeux, qui depuis longtemps n'avaient répandu que les larmes du chagrin et du désespoir, versèrent cette fois des larmes de bonheur. Tout allait répondre à ses plus ardents désirs ; Georges pourrait continuer ses études ; il serait désormais possible de procurer au malade les mille petites douceurs dont il avait besoin, et dont la misère l'avait si souvent obligé de se passer.

— Remercions Dieu, mes amis, s'écria-t-elle, d'avoir abaissé sur nous des regards de compassion; car il a exaucé ma prière, en nous envoyant, comme un ange consolateur, M. le comte de Wildstrom.

Wald joignit les mains avec ferveur. Georges vint se mettre à genoux près du lit à côté de sa mère, et tous les trois levèrent les regards vers le ciel et firent monter vers le trône de l'Eternel leur fervente prière.

III.

MORT DU PEINTRE.

Trois jours après ce joyeux événement, l'ange de la douleur vint déployer ses sombres ailes sur la famille de Wald. Il était nuit ; la pauvre demeure du peintre était éclairée par la lumière douteuse d'une chandelle, dont le vent agitait la flamme. Wald, dont la poitrine oppressée se soulevait avec de douloureux efforts, était étendu sur son grabat, et à côté de lui sa femme et son fils pleuraient, agenouillés près de son lit. L'âme du peintre luttait péniblement pour s'échapper de son enveloppe terrestre. Sa femme tenait entre ses mains sa main déjà glacée, et l'arrosait de ses larmes brûlantes.

On avait appelé le ministre de la religion ; il apporta au mourant les consolations de son ministère ; le pauvre Wald les reçut avec bonheur, et, fortifié par les derniers sacrements, il n'aspirait plus qu'à une vie meilleure. Tout à coup il se tourna vers ceux qu'il aimait, et leur dit d'une voix ferme :

— Ne pleurez plus, je serai bientôt dans le ciel.

La mère et le fils tressaillirent en entendant cette voix qui semblait sortir du tombeau ; ils cachèrent les larmes qui inondaient leur visage. Le silence de la mort régnait dans la chambre du malade. Le fils et la mère avaient les regards constamment fixés sur le visage du moribond ; ses yeux étaient fermés, et ses traits portaient déjà l'empreinte de la mort. Le mouvement d'élévation et d'abaissement de sa poitrine indiquait seulement que le souffle divin animait encore cette fragile enveloppe qu'il allait bientôt abandonner. Il resta près d'une heure dans cet état. Il ouvrit les yeux, regarda Georges avec un air plein de douceur et de tendresse, et lui dit :

— Mon cher fils, n'abandonne jamais ta mère, songe souvent combien de peines tu lui as coûtées.

Georges leva les yeux et les mains vers le ciel, sans proférer une seule parole. Son père comprit qu'il prenait, à la face du ciel, l'engagement de ne jamais délaisser sa tendre mère, et il sourit avec un ineffable sentiment de bonheur. Il se tourna vers son épouse et serra sa main brûlante de fièvre.

— Johanna, lui dit-il, je te remercie des soins attentifs que tu m'as prodigués. Tu as toujours été pour moi une épouse affectueuse, Dieu te récompensera. Pense toujours à moi, rappelle-toi qu'un jour nous nous retrouverons pour ne plus jamais nous séparer. Que les bénédictions du ciel se répandent sur toi, bonne et excellente femme.

Epuisé par ses derniers efforts, le malade ferma les yeux et pleura en silence pendant quelques minutes; il les rouvrit, les leva vers le ciel, et s'écria d'une voix forte :

— Seigneur, vous m'avez appelé, je viens à vous.

Il ferma les yeux pour ne plus les rouvrir ; il n'était plus.

Un cri de douleur s'échappa de la poitrine des deux infortunés. Johanna se leva et tomba en pleurant dans les bras de son fils. Ils restèrent longtemps dans les bras l'un de l'autre, et soula-gèrent par des pleurs leur poitrine oppressée. Georges obligea sa mère de prendre un peu de repos, car elle passait les nuits depuis plusieurs jours. Il lui adressa des paroles de consolation, et ne la quitta pas que le sommeil réparateur n'eût fermé sa paupière. Il rentra dans la chambre, s'assit près du lit où reposaient les restes inanimés de son père. Quand il fut seul, il s'abandonna à sa douleur et soulagea, à force de sanglots et de larmes, son âme accablée de tristesse. Il se pencha sur le corps du défunt, l'arrosa de ses larmes brûlantes, et demanda à Dieu de lui donner la force de supporter avec la résignation d'un vrai chrétien la douleur qui l'accablait.

IV.

GEORGES MURMURE.

Plusieurs semaines s'écoulèrent. La douleur bruyante de Georges et de sa mère avait fait place à une douce tristesse : ils étaient plongés dans la mélancolie que fait naître une perte récente et douloureuse, mais leur esprit était devenu assez libre pour qu'ils pussent faire des projets d'avenir.

Georges, dont l'esprit était en proie à une tristesse plus grande que de coutume, s'assit un matin à la table, et, la tête appuyée sur sa main, il regardait dans la campagne, à travers l'étroite fenêtre de leur modeste demeure. Tout était plein de force et de vie, tout semblait plein d'une expression de vigueur inaccoutumée. Georges ne voyait pas cette nature animée ; il pensait à son triste sort et regardait sans voir, le cerveau occupé de ses douloureuses pensées.

Plus d'un soupir s'échappait de ses lèvres, et de temps à autre il secouait la tête d'un air de doute et de défiance. Sa mère, qui était entrée doucement dans sa chambre, le tira de sa méditation en mettant la main sur son épaule.

— Tu es triste, mon cher Georges ? lui demanda-t-elle d'un ton de voix sympathique.

— Mère, s'écria le jeune homme, je suis triste et irrité à la fois. Je pensais à la mauvaise répartition du bien parmi les hommes : des misérables, des créatures sans valeur, dépourvues d'intelligence, des hommes remplis des passions les plus détestables, des femmes sans cœur, des jeunes gens légers et sans mérite, nagent dans l'abondance, tandis que des cœurs nobles et généreux, des âmes nées pour les grandes choses, sont écrasés sous le poids de la pauvreté et luttent sans cesse avec le besoin et les privations de toutes sortes. Jette les yeux sur le palais d'un riche. Il passe de jouissance en jouissance, de plaisir en plaisir ; il dilapide, il dissipe souvent en quelques heures, et pour les sujets les plus futiles, des sommes qui auraient suffi à dix familles pour couler une vie paisible pendant le reste de leurs jours. Avec quel orgueil et quelle insultante dureté ne repousse-t-il pas l'honnête pauvreté qui lui demande un faible secours ! avec quelle joie sauvage il insulte à la misère ! Quelle infâme ironie ne répand-il pas sur ces nobles esprits nés dans les conditions les plus humbles, et dont la vie est un combat perpétuel contre l'adversité ! Dis-moi, mère, qu'a-t-il donc fait pour être élevé au-dessus des autres hommes ? Dieu ne lui a-t-il donné tant de biens que pour qu'il satisfasse ses désirs ou ses passions plus ou

moins coupables, ou bien les lui a-t-il donnés
pour les répandre autour de ceux qui en sont
privés? Maintenant jette tes regards dans les
chaumières où se cache modestement la pauvreté. Vois sa détresse, ses efforts inutiles et
désespérés pour s'élever au-dessus de sa position
déplorable. Vois comme le génie est courbé sous
le poids du malheur, comme le talent succombe
aux tortures de la faim, comme périssent les
natures les plus nobles et les plus énergiques,
brisées par la main de fer de la nécessité. Pourquoi le ciel ne dispense-t-il pas ses dons avec plus
d'équité? Pourquoi ne les répand-il pas sur ceux
qui en sont dignes?

La pauvre veuve regarda son fils, et un léger
nuage de tristesse vint voiler son visage.

— Tu blasphèmes, Georges, lui dit-elle en
lui prenant la main et la pressant avec force. Tu
ne sais pas combien tes paroles me déchirent le
cœur. Dis-moi, qui t'a inspiré ces pensées de
haine, qui se traduisent par des paroles em-

preintes des plus mauvaises passions ? Je ne te reconnais plus, toi si bon, si doux, si modéré dans tes jugements, si soumis aux volontés de Dieu. O mon fils ! mon cher fils ! reconnais tes torts, repens-toi, et prie le Seigneur de te pardonner tes doutes et ton découragement. Crois, mon fils, en sa bonté ; jamais il n'abandonne ceux qui ont foi en sa sagesse éternelle.

Georges détourna son visage et attacha ses regards sur le sol. Sa mère s'aperçut qu'il était en proie à une préoccupation douloureuse, et elle ne prit aucun repos qu'il ne lui eût ouvert son cœur. Elle écouta avec une tendre sympathie les plaintes amères qui s'échappaient enfin de la poitrine du jeune homme.

— Mère, lui dit Georges, tu sais combien peu il nous est resté d'argent, après avoir acquitté tous les frais de la longue et douloureuse maladie de mon pauvre père et les dépenses de ses funérailles. Cette somme ne peut suffire pour payer les frais de mes études d'une année, il en manque au moins la moitié, et aujourd'hui que je suis arrivé sur le seuil du temple de la science, après avoir péniblement lutté et combattu pendant de longues années, la carrière m'est fermée par la pauvreté ; toutes les peines que j'ai prises jusqu'à présent sont en pure perte. Je suis allé trouver le ministre, je lui ai montré mes certificats d'examen, je lui ai exposé notre position pénible et demandé un faible secours, une subvention modeste, pour que je puisse continuer mes études ; je n'ai rien obtenu de lui, qu'un refus sec. « Tous les subsides sont épuisés, me dit-il. Si vous n'avez pas le moyen de continuer vos études, il faut apprendre un métier ou vous livrer au commerce. Il y a plus d'étudiants qu'il n'en faut, et il arrivera bientôt une époque où le gouvernement ne pourra plus rien faire pour les candidats, tant ils sont nombreux. » Je lui parlai avec insistance de mes certificats d'examen, qui, comme tu le sais, sont excellents, et je cherchai à lui faire comprendre que je devais entre tous avoir des droits à la bienveillance de l'Etat. Il les regarda à peine, et je fus obligé de revenir à la maison sans consolation et sans la moindre lueur d'espérance. Ne t'étonne donc pas, ma bonne mère, si je n'ai pu m'empêcher de jeter un regard comparatif sur la richesse qui permet d'arriver à tout, et sur la pauvreté qui ne laisse prétendre à rien, et ces réflexions ont rempli mon âme de la plus douloureuse amertume. Que faut-il que je fasse? De quel côté tourner mes regards pour trouver une issue? Je ne cesse de m'adresser ces questions, et c'est en vain que mon pauvre cerveau travaille pour arriver à résoudre ces difficultés.

— Est-ce toi, mon cher Georges, qui raisonnes ainsi, lui répondit sa mère, toi que j'ai toujours élevé dans la confiance de Dieu? Ce bon Père viendra à ton secours quand tout le monde t'aura abandonné, quand tu seras à bout de ressources, pourvu que tu aies conservé confiance en lui. Si c'est sa volonté, tes vœux les plus chers seront exaucés ; si cela ne se réalise pas, ne te plains pas ; ne te laisse pas entraîner au découragement et abandonne toi à sa direction paternelle. Un bon et honnête ouvrier vaut autant aux yeux du Seigneur que le savant le plus célèbre ; et tu n'en vaudrais pas moins, si, au lieu de la plume, tu maniais le rabot ou le marteau. Sois tranquille, mon cher Georges, et donne-moi quelques jours pour que je réfléchisse à tout ceci. Peut-être trouverai-je le moyen de remplir tes vœux les plus chers, malgré les difficultés qui s'y opposent.

Elle parla longtemps encore et sut, par ses sages conseils et ses tendres consolations, faire reparaître la sérénité sur le front soucieux de son fils. Il se leva, tendit la main à sa mère, et lui dit d'un air touché :

— Celui qui est aimé de Dieu reçoit d'abord de lui une bonne et tendre mère ; jamais il ne sortira de ma bouche un seul mot de murmure.

Il prit sa canne et son chapeau et alla dans la

campagne, pour faire dissiper les nuages qui s'é-
taient amoncelés dans son esprit. Il entra dans
une forêt, et, en se promenant sous ses épais
ombrages, il réfléchit à la richesse et à la pauvreté. Il finit par rentrer en lui-même et ne plus
prendre la vie en horreur; les tristes pensées
qui le préoccupaient d'une manière si pénible
s'évanouirent peu à peu. Le ciel était d'un bleu
d'azur, le soleil brillait d'un éclat semblable à
celui d'un disque d'or; ses rayons perçaient le
feuillage épais des arbres élevés de la forêt, et
l'air était embaumé des plus doux parfums.
Georges n'avait jamais senti avec autant de puissance que ce jour-là la majesté et la grandeur de
Dieu; les beautés infinies de la création lui
apparaissaient sous un jour nouveau; toute
amertume disparut de son cœur, et il osa plonger
sans crainte ses regards dans l'avenir.

V.

LE SECOURS DANS LE BESOIN.

La nuit couvrait la ville de son ombre, quand Georges rentra. Comme il n'y avait pas de lumière dans la chambre, il appela sa mère d'une voix qui annonçait qu'il revenait dans des dispositions meilleures qu'à son départ.

Mme Wald sortit de l'embrasure de la fenêtre dans laquelle elle était cachée, et vint enlacer son fils dans ses bras.

— Georges, lui dit-elle, j'ai une bonne nouvelle à te donner.

— J'en ai aussi une pour toi, mère.

— Tant mieux. Eh bien ! je vais allumer la lampe, et nous pourrons causer sans crainte d'être dérangés.

— Pendant ma promenade, dit Georges, j'ai mûrement songé au moyen de continuer mes études en dépit de tous les obstacles, et de suivre, sans t'être à charge, le cours de l'université. J'irai à pied, je louerai une petite chambre dans les combles de la maison la plus modeste, et je donnerai des leçons pour subvenir à mes besoins. Nous avons encore 100 thalers (380 fr.) ; j'en prendrai 20, tu en conserveras 80. Cette petite somme me suffira pour mes premiers frais d'établissement. Pourvu que j'aie un morceau de pain et un verre d'eau, je ne me trouverai pas malheureux ; et pour assaisonner ce maigre repas, je savourerai les beautés d'Homère. Cette agréable occupation de l'esprit me fera oublier toutes les privations auxquelles je serai soumis. Mon parti est pris, je mettrai mon projet à exécution. Tu verras que tout ira mieux que tu ne penses. Je n'aurai qu'une seule préoccupation, celle de songer à ton bonheur.

— Ne sois pas inquiet à cause de moi, mon cher Georges ; tant que Dieu me conservera la santé, je ne manquerai jamais du nécessaire. Je sais travailler, et je saurai me trouver de l'occupation. Mais ce n'est pas là ce que j'ai à te raconter : mes nouvelles sont meilleures et te regardent plus personnellement. A peine étais-tu parti, que je vois entrer dans notre pauvre demeure le conseiller Wedel, pour la femme et la fille de qui j'ai travaillé plus d'une fois. Tu comprends que je fus surprise de recevoir cette visite. Le conseiller me salua et me démanda, avec une espèce d'embarras, si c'était ici que demeurait le peintre Wald. Cette question m'arracha des larmes, et ce fut à peine si je pus lui raconter la mort de ton père. Il m'écouta avec des marques de sympathie qu'il ne chercha pas à cacher. Quand j'eus fini, il tomba dans une profonde rêverie, et paraissait avoir complétement oublié que je fusse là. « Grand Dieu ! s'écria-t-il, vos desseins sont impénétrables. Quand il se lève sur la tête d'un homme une étoile de bonheur, vous changez souvent ses lauriers en cyprès. Ma chère dame, me dit-il, la *Partie de chasse* peinte par votre mari a été si fort goûtée du roi, que je venais, de la part de Sa Majesté, lui faire une forte commande. Je viens trop tard ; mais peut-être puis-je vous être utile en quelque autre chose ? » Il disait cela d'une manière si obligeante, que je n'hésitai pas à lui parler de toi ; je lui montrai tes certificats ; je lui parlai de ta visite au ministre, et de son mauvais résultat ; il me dit, après avoir attentivement parcouru le papier que je venais de lui remettre : « Vous aurez bientôt de mes nouvelles, comptez sur moi. » Il mit tes certificats dans sa poche et me quitta. Il y a à peu près une demi-heure, il est venu ici un domestique qui m'a remis ce petit paquet ; lis toi-même.

Mme Wald mit quelques papiers sur la table, et Georges y vit, avec un sentiment de joie qui lui arracha un cri de reconnaissance, qu'il lui était accordé un subside de 200 fr. par an. Il se leva précipitamment et sauta au cou de sa mère.

— On peut, avec cela, s'écria-t-il, commencer quelque chose. Je n'ai plus rien à craindre de la misère ; je crois, ma bonne mère, que la bénédiction du ciel est descendue sur nous. Chaque fois que le besoin paraissait devoir nous plonger dans la plus profonde détresse, il nous est toujours venu un secours inespéré.

— Georges, lui dit sa mère d'un ton inspiré, sois toujours pieux et honnête, et Dieu ne t'abandonnera jamais.

VI.

LE PASTEUR FRÉDÉRIC.

Le jour venait à peine de poindre, qu'un jeune homme sortait à grands pas des portes de la ville et prenait la route de l'université de Heidelberg, qui était à vingt lieues de là. Ses paupières étaient encore humides des larmes qu'il avait répandues en prenant congé de sa mère. Ce jeune homme était Georges Wald.

Il avait un havre-sac sur le dos, et à la main un bâton de chêne. Avant de descendre d'une colline qui dominait la ville qu'il venait de quitter, il tourna ses regards dans cette direction, et s'écria :

— Adieu, ma bonne mère ; nous nous reverrons bientôt.

Georges marcha tout le jour ; et quand le soir fut venu, il avait fait quatorze lieues. Il aperçut au loin un village.

— C'est là, pensa-t-il, que je passerai la nuit. Peut-être y trouverai-je quelque bonne âme qui me donnera l'hospitalité.

Il se trouvait, au pied d'une colline que traversait le chemin qui paraissait conduire au village, un bois touffu dans lequel il entra. Les routes y étaient étroites et confuses, et il s'y égara si bien, qu'après avoir marché plus d'une heure, il ne put retrouver son chemin.

— Ma foi, se dit-il, je passerai ici la nuit sur un de ces épais lits de mousse qui tapissent le pied de ces arbres séculaires.

Il posa son havre-sac à terre, et, avant de dormir, il se prit à réfléchir profondément aux derniers, événements de sa vie. Il fut tiré de sa rêverie par un bruit de pas qui s'approcha de lui. Il vit arriver droit à lui un homme vêtu de noir, qui lui demanda en souriant :

— Voulez-vous passer la nuit à la belle étoile ?

— Ce n'était pas mon intention, je vous l'avoue; mais j'y suis contraint par la nécessité. Je me suis perdu dans ce bois, et je ne peux pas retrouver mon chemin.

— Quel était donc le but de votre voyage ? lui demanda l'étranger.

— D'abord de passer la nuit dans un charmant petit village que j'ai aperçu du haut d'une colline qui domine cette forêt, puis de prendre la route de l'université de Heidelberg.

— Vous êtes étudiant ?

— Pas encore ; mais je suis en chemin de le devenir.

— Venez avec moi; je suis le pasteur du villlage que vous cherchiez ; vous passerez la nuit sous mon toit.

Georges accepta sans hésiter l'invitation qui lui était faite, et suivit l'étranger.

La nuit était toute noire quand nos voyageurs sortirent du bois et arrivèrent au bord d'une prairie que traversait un sentier conduisant au village.

— Allons, mon cher hôte, lui dit l'étranger, encore quelques instants, et nous serons arrivés. Vous êtes las, sans doute ; donnez-moi votre bras.

Au moment où Georges s'approchait du pasteur pour profiter de son offre obligeante, il heurta du pied un obstacle qui le fit trébucher ; le son métallique qui frappa son oreille le fit se baisser pour voir ce que c'était, et il ramassa une bourse pleine d'or.

La première pensée qui lui vint fut de faire croire au pasteur que cette bourse était la sienne ; il rejeta bientôt cette pensée, et, ayant mis la bourse dans sa poche, il continua gaîment sa route.

Nos deux voyageurs ne tardèrent pas à arriver

au presbytère, dont la porte leur fut ouverte par une vieille gouvernante, qui murmura du retard du pasteur, dont le dîner était desséché à force d'attendre.

— Mon jeune ami, dit le pasteur à Georges, vous venez d'assister à une scène de famille. Ma vieille Christine est rude en paroles, mais c'est la meilleure créature que je connaisse; aussi n'y fais-je pas attention.

Il fit entrer Georges dans sa chambre, qui lui servait en même temps de cabinet d'étude. L'ameublement en était simple et convenait parfaitement à l'extérieur modeste de cet ecclésiastique, qui portait sur son visage l'empreinte de la douceur et de la bonté.

Georges regardait avec attention les objets qui l'entouraient et était frappé de la propreté qui régnait dans cette maison, lorsqu'il fut interrompu par l'arrivée de Christine, qui mit le couvert et ne manqua pas de faire valoir l'excellent rôti qu'elle avait préparé, en faisant observer que c'était dommage qu'elle eût été obligée d'attendre si longtemps, parce qu'il aurait perdu une partie de son goût.

— Allons, bonne Christine, lui dit le pasteur, je ne suis pas difficile, tu le sais, et je préfère manger un rôti un peu desséché, et avoir au moins le plaisir de faire une bonne action.

— Vous serez toujours le même, murmura Christine. Il ne se passe pas de jour que vous ne nous ameniez quelque nouveau convive.

— Est-ce un crime?

— Non pas; mais toutes nos provisions y passent, et, au milieu de l'hiver dernier, il y avait si peu de lard au saloir, que vous avez été obligé d'en acheter.

— Tant mieux; c'est que j'ai été assez heureux pour faire le bien. C'est Dieu qui m'envoie ceux qui souffrent, et je le remercie chaque jour de la faveur dont il me comble en mettant sur mon chemin quelqu'un de mes frères malheureux à qui je puis tendre une main secourable.

— Monsieur, mon rôti va être réduit à l'état de cuir, si vous persistez à causer sans vous mettre à table. Pendant que vous dînerez, vous aurez le temps de jaser avec votre jeune voyageur, qui a sans doute besoin de vos conseils. Jeune homme, dit-elle à Georges, suivez les conseils que vous donnera ce bon pasteur ; il n'y en a pas un semblable à dix lieues à la ronde ; celui-là, voyez-vous, peut reposer en paix : il a pour lui une bonne conscience, que jamais ne viennent troubler de sinistres pensées.

Georges regarda le pasteur en souriant.

— Ne vous étonnez pas de la liberté que prend la bonne Christine ; elle est depuis quarante ans à mon service et a son franc parler dans la maison.

Le pasteur Frédéric resta bientôt seul avec son jeune hôte, et, quand la dixième heure eut sonné, il le conduisit lui-même à la chambre qui lui était destinée.

Au même moment on entendit frapper à la

porte. La vieille Christine alla ouvrir et revint dire au pasteur que le laboureur Wilhelm venait le chercher pour donner à sa fille, qui se mourait, les derniers secours de la religion.

Le pasteur dit à Georges en partant :

— Ne m'attendez pas, je vous prie ; il faut que j'aille loin d'ici, et je ne sais si je pourrai rentrer avant le jour.

Quand il fut parti, Georges resta avec Christine, et se mit à réfléchir aux événements de la journée ; il ne pensait nullement à dormir.

— Allons, monsieur, dit Christine en entrant, vous ne voulez donc pas suivre le conseil de M. le pasteur et vous livrer à un repos dont vous avez sans doute grand besoin ?

— Je vous avoue que je n'ai nulle envie de dormir, et, si vous le permettez, je resterai près de vous, puisque vous attendez son retour.

Christine, qui ne demandait pas mieux que de causer, commença avec le jeune voyageur une conversation dont les vertus du bon pasteur firent tous les frais. Elle lui parla, comme si Dieu l'eût inspirée, du bonheur de la médiocrité, des chagrins que souvent la richesse traîne à sa suite, et de la quiétude qui est souvent même la compagne de la misère.

L'horloge de bois sonna une heure du matin. Georges, voyant que le pasteur ne revenait pas, dit à Christine :

— Je vais vous souhaiter une bonne nuit ; il faut que demain, dès l'aube du jour, je reprenne le chemin de Heidelberg, afin d'y arriver de bonne heure.

— Vous allez à Heidelberg? demanda Christine; c'est sans doute pour y étudier ?

— Oui, bonne Christine.

— Eh bien! tenez, monsieur, la vieille Christine peut vous être utile. J'ai dans cette ville une sœur plus jeune que moi de quinze années, qui a épousé un tourneur. C'est un homme simple, mais un homme de bon conseil, et, si vous n'êtes pas trop fier pour le visiter, vous en serez content.

— Je n'ai aucune sorte d'orgueil, répondit Georges en souriant, et je ne négligerai pas les conseils de votre beau-frère.

— Vous êtes donc aussi, mon cher monsieur, dépourvu de toute fortune ?

— Hélas! oui. Je n'ai qu'une seule ambition, c'est de vivre honorablement du fruit de mon travail.

— C'est Dieu qui vous a conduit dans notre maison. Je vais écrire à mon beau-frère pendant que vous dormirez, et vous verrez que vous vous rappellerez un jour la recommandation de la vieille Christine. Allez vous coucher, je vous en prie ; si M. le pasteur rentrait, il serait fâché de vous voir encore sur pied.

Georges n'hésita pas plus longtemps à se retirer dans la chambre qui lui avait été destinée, et le sommeil vint bientôt fermer ses yeux.

VII.

LE TOURNEUR.

Le soleil était depuis quelques heures au-dessus de l'horizon, quand Georges se réveilla. Il sauta à bas de son lit et se mit à la fenêtre, où il s'abandonna à ses réflexions. La connaissance du pasteur, l'air de calme et de sérénité qui régnait dans toute sa personne, lui avaient fait plusieurs fois venir à la pensée qu'il n'y avait pas pour lui de meilleur modèle à suivre.

— Que cette vie doit être douce ! se disait-il. Que sont les richesses de la terre, quand on les compare à celles qu'on amasse en se consacrant au service des autels? Pourquoi n'arriverais-je pas aussi bien que lui? Il était pauvre et l'est sans doute encore; je suivrai son exemple tant que Dieu me donnera la force de le faire.

Georges était plongé dans ces réflexions, quand il vit entrer le pasteur dans son jardin; cette petite visite du matin était consacrée par le bon pasteur à préparer son esprit aux travaux sérieux du jour par un délassement qui répand pour tout le jour le calme dans l'esprit. Georges resta pendant quelques instants à regarder le pasteur et à admirer la douce sérénité de son visage. Il prit ensuite son sac et son bâton, et descendit pour prendre congé de son hôte.

— Mon jeune ami, lui dit le pasteur, je ne veux pas que nous nous quittions ainsi. Vous allez partager mon modeste déjeuner, qui se compose de pain et de lait, suivant l'habitude du village.

Il força Georges, dont il ne voulait accepter

aucune excuse, à quitter son sac, et le déposa sur un banc. Un son métallique rappela au jeune homme sa trouvaille de la veille, et il tira du sac la bourse, qu'il remit entre les mains du pasteur en lui disant comment elle était tombée en sa possession.

— C'est bien, lui dit son hôte en prenant la bourse dans laquelle il trouva 60 louis d'or et quelque menue monnaie ; je vais y apposer un cachet, afin que personne n'y puisse toucher, et je vais faire annoncer dans notre village et dans les villages voisins la trouvaille que vous avez faite.

Ce que le pasteur fit avec succès ; car deux jours après, la bourse était remise intacte entre les mains de son propriétaire.

Après le déjeuner, Georges prit congé du pasteur, à qui il promit de venir le visiter, s'il traversait de nouveau le village, et reçut des mains de Christine la lettre qu'elle lui avait promise.

— Ayez bien soin de la remettre en main

propre à celui à qui elle est destinée ; faites-lui bien des compliments de ma part et n'oubliez pas de venir nous voir, quand vous repasserez dans notre village.

Il était midi quand Georges arriva à Heidelberg. Il se mit aussitôt en quête d'un logement ; il chercha longtemps sans rien trouver qui lui convînt, quand tout à coup il se rappela le beau-frère de Christine, le tourneur Wanderlich, et il se décida à aller lui demander conseil. Il se rendit chez l'honnête ouvrier, dont la maison, quoique petite, était de la plus attrayante propreté. Il frappa et fut introduit dans l'atelier de Wanderlich.

C'était un homme d'un certain âge ; il était à son tour et travaillait avec ardeur. Près de lui était une femme d'une quarantaine d'années, qui filait au rouet. Quand Wanderlich vit entrer un étranger, il posa son ciseau et le regarda d'un air interrogateur.

— Maître Wanderlich, lui dit Georges, j'ai

une lettre à vous remettre de la part de votre belle-sœur Christine de Blumrode. Elle vous fait ses compliments.

— Ma sœur ! s'écria la femme de Wanderlich ; asseyez-vous, monsieur, et parlez-nous d'elle.

Georges, qui se sentait fort à son aise dans cette maison, ne fit aucune difficulté pour s'asseoir pendant qu'ils lisaient la lettre de Christine, qui était fort courte et se bornait à recommander chaudement Georges, comme un des bons amis du pasteur Frédéric.

— Monsieur, dit Wanderlich, si je puis vous être utile en quelque chose, je vous prie de disposer de moi.

— Vous pouvez me rendre un service signalé. Depuis plusieurs heures je parcours la ville pour chercher un logement, et je n'ai encore rien trouvé qui pût me convenir.

— Vous auriez pu, monsieur Wald, vous épargner la peine de chercher si longtemps, si vous étiez venu chez moi ; car j'ai justement dans ma maison une petite chambre qui vous conviendra parfaitement. Venez la voir.

Le bonhomme fit signe à Georges de le suivre; il lui montra, à l'étage supérieur de la maison, une chambre petite, mais décorée avec goût; elle était disposée pour loger un étudiant. Elle avait de plus une vue fort gaie.

— Vous n'avez pas tout vu, dit Wanderlich, remarquant que cette charmante petite pièce convenait au protégé de Christine. Il y a encore un petit cabinet dans lequel on peut mettre un lit. Comme il donne sur le jardin, on n'a pas à craindre d'être troublé par le bruit de la rue. Cela vous convient-il?

— Fort bien, répondit avec hésitation Georges, qui craignait que le prix ne fût trop élevé pour sa bourse.

— Eh bien! lui dit Wanderlich en lui frappant sur l'épaule avec une bonhomie qui n'était pas impolie, puisqu'elle vous plaît, restez ici : mettez-vous-y à votre aise et ne vous gênez en rien.

— Il faut, maître, que je vous parle avec fran-
chise. Je suis pauvre et dans l'impossibilité de
faire de grandes dépenses.

En disant ces mots, le rouge lui monta au
visage.

— Je crains que le loyer de ce petit appartement, qui me convient sous tant de rapports,
n'excède mes ressources, qui sont fort exiguës.

— Qui vous a parlé de loyer? répliqua vivement Wanderlich. Commencez par rester ici, et
nous nous entendrons sur le loyer. Regardez-
vous ici comme dans votre propre maison. Nous
n'avons pas besoin de cette chambre : ma femme
et moi, voyez-vous, nous nous réjouirons d'avoir
pu obliger une personne que ma belle-sœur nous
recommande et qui est particulièrement connue
du pasteur Frédéric.

Georges ne savait que répondre ; il lui en coû-
tait d'accepter une offre aussi généreuse.

— Allons, monsieur, lui dit la femme de Van-
derlich, qui voyait son trouble, pourquoi hési-

tez-vous et ne répondez-vous pas franchement que vous acceptez? Ma sœur et le pasteur seraient bien contents de voir que nous avons laissé un de leurs amis quitter ainsi notre maison !

— Je me rends, dit Georges en prenant les mains de Wanderlich et de sa femme. Que Dieu vous récompense du bien que vous me faites!

— Tout est arrangé, dit Wanderlich en ôtant à Georges le sac qu'il avait conservé sur son dos, tandis que sa femme lui ôtait le bâton des mains. Maintenant vous allez descendre avec nous, et nous souperons ensemble, si vous ne rougissez pas de vous mettre à table avec un modeste artisan.

— Moi, maître Wanderlich ! Vous me connaissez mal. J'ai été autant que vous, plus que vous peut-être, élevé à l'école de l'adversité, et je ne comprends pas la fierté de ceux qui établissent entre les hommes des distinctions frivoles ; je n'estime dans l'homme que la vertu.

Georges soupa avec le tourneur. La conversation fut très-gaie. A dix heures, on lui dit qu'il était temps d'aller se reposer. Quand Georges fut seul dans sa chambre, il remercia Dieu d'avoir veillé sur lui et de lui avoir fait trouver tant d'appui au milieu des hommes.

VIII.

DEUX ANS APRÈS.

Gaudeamus igitur, juvenes dùm sumus (1).

Cette vieille chanson d'étudiants, chantée par la voix fraîche et sonore d'une joyeuse bande de jeunes gens, retentissait dans la petite ville de H.... Adalbert de Wildstrom était à leur tête. Sa voix dominait celle de ses cama-

____

(1) Réjouissons-nous donc, pendant que nous sommes jeunes.

rades, son sabre retentissait sur le sol plus bruyamment que celui de ses compagnons, et sur son béret de velours noir flottait une magnifique plume de héron. Il conduisait ses camarades à un somptueux banquet dans le magnifique palais de son père.

Nous savons qu'Adalbert était un jeune homme d'un excellent caractère et dont le cœur était ouvert à tous les sentiments généreux. S'il avait été dès son enfance soumis à une discipline ferme et intelligente, il fût devenu un homme d'une grande distinction et eût pu être le bienfaiteur de tout un peuple ; car il était issu d'une des familles les plus nobles et les plus riches du pays ; mais le vieux comte, son père, rempli de préjugés et d'inconséquence, lui inspira de l'orgueil, remplit son âme des pensées de haute naissance et des avantages qui se rattachent à une haute position, et il le laissa entrer dans le monde sans un sage guide qui l'empêchât de s'égarer sur la route glissante de la vie universitaire. Le gouverneur du jeune comte, homme léger et sans conscience, favorisa les folies du jeune homme qui lui avait été confié plutôt que de le retenir. Adalbert vivait donc joyeusement sans se préoccuper du lendemain, et jouissait grandement de ses richesses, qu'à l'exemple de son gouverneur et de son père, il ne tarda pas à considérer comme le plus grand de tous les biens de ce monde; il méprisa l'obscurité de l'étudiant laborieux qui devenait grand par la culture de son intelligence, et crut être appelé à jouir de tous les plaisirs que procure la fortune, sans avoir besoin d'user les rapides journées de sa jeunesse dans de longues et contentieuses études.

Tandis que l'essaim bruyant des étudiants descendait la rue, un fils des Muses, portant pour tout costume un modeste habit gris, suivait un chemin contraire et se dirigeait vers le quartier qu'ils venaient de quitter. Il avait un cahier sous son bras et se proposait d'aller assister à la leçon d'un célèbre professeur de théologie. Il marchait d'un pas calme et tranquille et détournait les yeux de ce groupe de jeunes étourdis, pour éviter d'en être reconnu, afin de n'avoir pas à résister à leurs importunités; mais il ne put échapper au regard scrutateur d'Adalbert, qui le reconnut aussitôt.

— Wald, s'écria-t-il, viens avec nous.

Georges, car c'était lui, se tourna vers la joyeuse bande et salua les étudiants avec autant de grâce que de calme et de dignité, sans cependant répondre autrement à l'invitation qui lui était adressée qu'en pressant le pas pour échapper au plus vite à des instances importunes. Le comte Adalbert courut après lui, le prit par le bras et parut bien décidé à ne pas le laisser aller à si bon marché.

— Allons, mon cher Georges, pas d'enfantillage! Il faut que tu viennes avec nous.

— Cela m'est impossible; mes études.... Puis, vous le savez, ajouta-t-il à voix basse et de manière à n'être entendu que d'Adalbert, ma position et celle de ma mère exigent que j'utilise mon temps de manière à reconnaître les sacrifices qu'elle s'impose pour me faire finir mes études.

— C'est justement pour cela, répondit Adalbert, que je veux que tu viennes avec nous. Tu n'as que peu de distractions, tu es obligé de vivre de privations et dans la plus sévère retraite ; il est bien juste que tu prennes en passant un peu de plaisir. Viens donc avec nous.

Le ton protecteur avec lequel Adalbert prononça ces paroles fit monter la rougeur au visage de Georges, qui sentit sa fierté blessée par une invitation qui ne se montrait même pas bienveillante.

— Wildstrom, répondit-il avec vivacité, laisse-moi ; il faut que je sois assez sage pour me soustraire à tous les plaisirs bruyants. Il faut que j'aille au collége.

Pendant que les deux interlocuteurs échangeaient rapidement les paroles que nous venons de rapporter, la bande joyeuse s'était rapprochée et les entoura, puis intervint dans la conversation.

— Georges, tu viendras avec nous; il faut que nous t'arrachions une fois à tes vieux bouquins, sur lesquels tu pâlis sans nécessité. Si tu ne viens pas, nous te répudions pour un étudiant, un véritable étudiant !

Moitié bon gré, moitié de force, Georges se décida à se joindre à ses camarades, dont la joie tumultueuse contrastait avec son calme et son silence. Il fit de nécessité vertu, et les suivit tout en regrettant dans son cœur le contretemps qui l'avait fait se trouver sur le chemin de ces étourdis.

On arriva bientôt au palais d'Adalbert, et le banquet se prolongea fort avant dans la nuit; ce furent des champs, des rires joyeux, des élans de folle gaîté, qui indiquaient l'insouciance des convives. Georges seul ne prit que médiocrement part à ces folies; il ne blâmait pas la joie dont il était spectateur, bien qu'il ne pût s'y mêler; toute son attention fut d'épier le moment où il pourrait se retirer. Il s'échappa furtivement, retourna chez lui et se mit au travail.

Le lendemain matin, Georges, levé depuis plusieurs heures, avait déjà terminé un long travail commencé la veille, lorsqu'il entendit monter l'escalier et, à son grand étonnement, vit entrer Adalbert dans sa chambre.

— Tu parais surpris, mon cher Georges, lui dit le jeune comte en souriant, de me voir chez toi de si bonne heure ; je viens pour te reprocher de n'être pas resté avec nous. Quelque chose t'aurait-il déplu ?

— Pas le moins du monde, répondit Georges d'un ton affectueux et en tendant la main à Adalbert ; mais j'ai compris que j'étais déplacé dans votre compagnie, que je ne pouvais, au milieu de vous, avec les tristes préoccupations qui m'assiégent, être qu'un trouble-fête ; c'est pourquoi je me suis éloigné. J'espère que tu ne m'en veux pas ?

— Non, répondit Adalbert ; car tes motifs me

sont connus, et je les apprécie. Mais, mon cher Georges, je vois que tu affectes de t'éloigner de moi, que tu m'évites même et que tu sembles prendre à tâche de me fuir, moi qui ne désirais rien tant que de me lier à toi par les liens d'une amitié sincère.

— D'où peut venir cette sympathie d'un jeune homme noble et riche envers un pauvre et obscur étudiant comme moi? demanda Georges, dont les joues habituellement pâles se couvrirent de rougeur.

Adalbert tendit amicalement la main à Georges et lui répondit :

— Wald, si je recherche ton amitié, c'est que je t'estime ; je sais que tu vaux mieux que tous les joyeux compagnons qui se disent mes amis ; je veux t'arracher à une contention qui ne peut qu'être préjudiciable à ta santé. Ne t'étonne donc pas si je persiste à me lier avec toi. Depuis que tu l'as emporté sur moi dans les concours, j'éprouve pour toi un sentiment d'attraction irrésistible.   4.

— Tu es un noble cœur, Adalbert, repartit
Georges avec émotion ; il est à regretter que....
N'importe, je vais te prouver que je te donne
toute ma confiance ; tu en jugeras ensuite.
Ecoute. Lorsqu'il y a deux ans, j'arrivai ici
pour suivre les cours de l'université, toute ma
richesse se composait de 20 thalers, et j'espérais obtenir chaque année une subvention de
50 thalers. Je laissai à la maison une mère
obligée de travailler pour vivre. Malgré l'exi-
guité de mes ressources, j'étais gai et je comptais
sur l'assistance de Dieu. Je vins dans cette maison,
où je pus exciter, par mon caractère paisible, la
sympathie de mes hôtes ; dans le commencement,
tout allait à souhait. La subvention qui m'était
accordée me suffisait pour indemniser mes excellents hôtes des bontés dont ils m'accablaient,
et je complétais ce qui était nécessaire à mes
études en donnant des leçons particulières, en
faisant des copies pour des avocats, et en lisant
des épreuves pour des imprimeurs et des

libraires. Je travaillais beaucoup, et le produit était bien mince; j'étais cependant heureux et gai, et je me consolais des souffrances du présent par l'espérance d'un avenir plus heureux. Ma pauvreté ne m'était pas odieuse, parce que je n'en connaissais pas encore les horreurs. Ma mère tomba malade. Un étranger, son médecin, m'en donna avis et me demanda de l'argent pour subvenir aux premières dépenses. Je réunis mes petites économies, je me hâtai de voler près de ma mère, à qui je prodiguai les soins les plus attentifs, et je ne quittai son chevet que quand elle fut en état de se passer de mes soins. Le spectre de la mort s'éloigna d'elle, mais elle resta privée de l'usage de ses mains; elle ne pouvait plus travailler. Ce fut seulement alors que je sentis le poids de la pauvreté, et je fus près de succomber au découragement. J'avais appris, à l'école de l'adversité, à supporter patiemment la misère; mais je ne pus résister aux souffrances de ma mère, et mon cœur éprouva les plus douloureux déchirements. Je fus pendant quelques jours comme un désespéré, et je ne pus trouver de soulagement que dans la prière. Dieu me suggéra une bonne pensée. Je reçus, pour la seconde fois, une subvention de 200 fr.; je les donnai à ma mère, et je revins ici sans un centime. Mon hôte est un artisan, un tourneur. Je lui parlai de ma position et de mon projet; il m'aprouva et me seconda autant qu'il le put : il m'enseigna son métier, et je travaillai avec ardeur. J'étudiais le matin; dans l'après-midi, le soir et une partie des nuits, j'étais au tour et je travaillais manuellement. Le ciel bénit ma résolution : je suis arrivé, au bout de peu de temps, à tourner avec habileté. Mon maître m'a fait recevoir dans la corporation des tourneurs; je travaille aujourd'hui chez un des plus riches tourneurs de la ville; le matin, je suis étudiant; dans l'après-midi, artisan. Nul ne le sait, si ce n'est mon honnête ami Wanderlich, le maître chez qui je travaille, et moi-même; comme je connais la tendresse de ma mère, pour ne pas l'affliger, je lui ai caché mon secret. Elle me ferait des reproches et s'imposerait les plus dures privations pour que j'abandonnasse une profes-sion lucrative. Avec mon travail, je puis subvenir à mes besoins, à ceux de ma mère, et continuer mes études. J'ai même mis de côté un petit ca-pital pour les temps de besoin et de gêne.

Georges se tut. Adalbert se leva précipitam ment et s'écria :

— Comment est-il possible que tu mènes une semblable vie, et que tu puisses la supporter ?

— Non-seulement je la supporte, lui répondit Georges en souriant, mais je me trouve heureux dans ma position. Je travaille pour la personne que j'aime le plus au monde, pour ma mère ; je prolonge sa vie, qui m'est plus précieuse que la mienne, et je trouve dans cette action un bonheur ineffable ; je ne la changerais pas pour tous les plaisirs de ce monde.

— Mais tu ne m'empêcheras pas de partager

avec toi mes richesses ? Je veux que tu sois mon ami ; tu viendras habiter sous le même toit que moi et tu ne me quitteras plus. Le veux-tu, Wald ?

Georges ne put s'empêcher d'être ému de la proposition généreuse d'Adalbert ; il le remercia donc en des termes qui prouvaient jusqu'à quel point il appréciait son offre, ce qui ne l'empêcha pas de lui dire :

— Crois-tu qu'en te révélant, comme je l'ai fait, le mystère dont j'ai entouré ma vie, je n'aie pas pris d'avance la ferme résolution de repousser toutes les offres qui me seraient faites ? Si tu as de l'estime pour moi, Adalbert, ne me parle plus de rien. Le pauvre a son orgueil comme le riche. Je puis t'assurer que je suis parfaitement heureux : je ne manque de rien ; ma mère ne souffre pas le besoin, et mes professeurs ne se plaignent pas de moi. Que me faut-il de plus ?

Adalbert, ayant reconnu que tous ses efforts

seraient inutiles pour faire changer la résolution de Georges, lui dit en lui tendant la main :

— Adieu. Mon estime et mon amitié te sont acquises. Si jamais le sort te poursuivait avec rigueur, souviens-toi de moi ; tu me trouveras toujours prêt à t'obliger. Peut-être un jour verras-tu que, quoique les trésors de l'esprit soient dignes de toute la vénération des gens de bien, et que rien ne soit plus honorable, la puissance que donne la richesse l'emporte sur toutes les jouissances. Avec de l'or, on a tout.

— Peut-on avoir avec de l'or la paix et le bonheur, celui qui vient de la vertu ? Avec de l'or, on ne peut avoir que des jouissances matérielles, et celles-là ne constituent pas le bonheur. Avec ton or, tu es plus malheureux que moi, qui suis pauvre ; et tu me portes envie, parce que tu vois que la pauvreté honnête ne courbe jamais la tête devant la richesse.

— Alors, à t'entendre, il serait impossible qu'un riche fût heureux.

— Nul, je le soutiens, ne peut être heureux, s'il met les richesses au-dessus des trésors de l'esprit.

Adalbert parut un instant frappé de cette idée ; il prit la main de Georges, la serra avec affection et lui dit :

— Adieu, mon cher Georges ; la vie elle-même peut seule décider entre nous de la vérité de cette question.

— J'accepte le défi, répondit Georges.

— Tu risques fort de perdre.

— Je ne crois pas.

Nos deux jeunes hommes se séparèrent ; Adalbert continua de mener sa vie dissipée, et Georges son existence laborieuse et retirée.

IX.

UNE VISITE.

— Eh bien! mon cher monsieur Wald, est-il donc bien vrai que vous nous quittiez? Vous allez nous laisser, ma pauvre femme et moi, dans la tristesse et l'ennui.

C'est ainsi que parlait maître Wanderlich à Georges, qui était devant lui le sac sur le dos et le bâton à la main.

— Je vous regrette comme mon propre fils;

il me semble que jamais je ne pourrai m'accoutumer à votre absence.

— Et moi, répondit Georges, dont les yeux étaient mouillés de larmes, croyez-vous que je ne regrette pas en vous un bon père, et une excellente mère en Mme Wanderlich? Recevez mes remercîments pour tout ce que vous avez fait pour moi, et soyez sûr que jamais je n'en perdrai le souvenir.

— Allons, ne parlons pas de tout cela, dit Wanderlich; vous nous avez amplement récompensés par vos préceptes et vos exemples. Votre humilité chrétienne et votre piété ont fait de moi un homme nouveau. Ne nous oubliez pas, c'est là tout ce que je vous demande; quant à nous, nous ne vous oublierons jamais.

Georges serra dans ses bras ces deux excellentes personnes, et les quitta : il était chargé de leur part de dire bien des choses à la sœur Christine et au pasteur de Blumrode. Quelques étudiants lui firent la conduite; c'était le petit

nombre d'amis qui avaient su apprécier et esti-
mer sa vie calme et retirée ; ils le quittèrent à
une lieue de la ville, et Georges continua seul son
voyage.

A la tombée de la nuit, il arriva dans le village
de Blumrode et se dirigea vers la maison de son
vieil ami, qu'il n'avait pas revu depuis deux ans.
Il regarda avant d'entrer, à travers la grille du
jardin, et il le trouva occupé à donner à ses fleurs
les soins les plus minutieux.

— Bonsoir, monsieur le pasteur, cria Georges
à travers les grilles.

Le bon vieillard leva les yeux, et, en apercevant le jeune homme, la joie brilla sur son visage,
et il s'écria :

— *Salve, salve, amice* (bonjour, bonjour,
mon ami).

Il courut ouvrir la porte du jardin.

— Soyez le bienvenu, mon jeune ami, dit-il
à Georges en l'embrassant avec effusion ; venez
dans un des coins les plus reculés du jardin, nous

nous assiérons sur un banc, et nous y pourrons causer à notre aise.

Georges lui raconta, dans les plus grands détails, ce qui lui était arrivé.

— J'ai passé mes examens avec le plus grand succès, dit-il ; plus d'une fois l'aube du jour m'a surpris à l'étude, et, malgré mon ardeur pour la science, je vous avouerai que s'il avait fallu que je continuasse encore une année de mener cette vie, j'y aurais succombé, je le pense. J'ai eu le bonheur d'être distingué de tous mes professeurs, et je rapporte les témoignages les plus satisfaisants de leur approbation.

— J'ai bien vu tout de suite, jeune homme, que vous étiez apte à l'étude. Dieu récompense toujours ceux qui sont honnêtes et qui sont animés de l'amour du bien.

— Mon espérance est dans notre Père qui est au ciel ; car, aujourd'hui que mes études sont terminées, il faut que je retourne près de ma mère et que je subvienne à ses besoins et aux

miens. Je suis un pauvre candidat en théologie,
et il me faudra attendre plusieurs années avant
que je puisse travailler à propager les vérités de
notre sainte religion ; mais que ferai-je en atten-
dant ? Mes épargnes ne tarderont pas à être épui-
sées.

— Quand j'eus terminé mes études, dit le pasteur à Georges, j'eus le bonheur de trouver une
place de professeur chez un digne gentilhomme,
qui, plus tard, me procura la cure que j'ai aujour-
d'hui. Il en résulte que, quoique dans la médiocrité, je n'ai pas connu la misère. Je crois que
vous feriez bien de suivre mon exemple et de
chercher une place de professeur dans une maison
particulière.

— Ce serait bien mon intention ; mais que
voulez-vous que je fasse sans recommandation ?
Je ne puis compter que sur l'assistance de Dieu.
Si mon projet ne réussit pas, je n'ai pas d'autre
parti à prendre que de ne plus songer pour
quelque temps à la théologie et de reprendre ma

profession. C'est une dure alternative, mais il faut l'accepter, si telle est la volonté de Dieu. Comme je serai près de ma mère et que je ferai son bonheur, la satisfaction de ma conscience me suffira.

— Bien, mon fils, s'écria la vieille Christine, qui était cachée derrière un buisson de sureau ; tu as la vraie foi.

En disant ces mots, elle se jeta au cou de Georges et l'embrassa.

— Honore ta mère, et la bénédiction du ciel te suivra partout où tu porteras tes pas.

— Si vous approuvez tous deux mon projet, dit Georges au pasteur et à Christine, je vais reprendre le tablier ; j'étais arrêté par une seule pensée : je me demandais s'il convenait à un jeune homme qui se consacre au Seigneur de s'occuper des choses d'ici-bas.

— Ne crains rien, ta conscience est pure et ne te fera aucun reproche.

— Que la volonté de Dieu soit faite, s'écria Georges.

Le reste de la soirée fut consacré par nos trois amis à une conversation intime qui leur fit savourer le plaisir d'être unis par les liens de l'amitié et de la vertu.

X.

LE PETIT FRÉDÉRIC.

Georges consacra les premières journées de son retour à sa mère ; puis il se mit sur-le-champ en quête d'une place de professeur. Il frappa à plus d'une porte, mais il ne trouva de place nulle part. Le conseiller Wedel, le seul protecteur sur l'appui duquel Georges pût compter, était mort depuis longtemps, et ceux qu'il voyait le renvoyaient avec des paroles flatteuses, mais sans promesses sérieuses.

Un soir qu'assis près de sa mère, il était plongé

dans de sombres pensées et réfléchissait surtout
au moyen de faire savoir à sa mère qu'en désespoir de cause il allait être obligé d'entrer dans
une boutique de tourneur, il sentit dans son cœur
une des plus profondes anxiétés qu'il eût senties
de sa vie ; il craignait de lui faire de la peine, et
cette résolution n'était pas de nature à la satisfaire. Il combattit longtemps ; dix fois les paroles
expirèrent sur ses lèvres jusqu'à ce que la bonne
Johanna l'eut invité plusieurs fois à lui faire connaître ce qui se passait dans son esprit.

Il fut obligé de lui confier les peines de son
cœur, de lui faire connaître ses efforts désespérés
pour améliorer sa position, et le dernier moyen
qui était à sa disposition pour les sauver de la
misère. En disant ces mots, sa voix devint tremblante et ses yeux se remplirent de larmes. Il
jeta les regards sur sa mère, dont il aperçut les
pleurs, et, lui prenant les mains, il s'écria en les
serrant avec force :

— Ne pleure pas, ma mère. Tes larmes brûlent

mon cœur, mais je n'ai pu t'épargner ce chagrin.

— Ne crois pas, mon cher fils, que je pleure de chagrin ; ce sont des larmes de joie et d'émotion. Je remercie le ciel de m'avoir donné un fils tel que toi. Tu es le modèle des fils, le ciel te récompensera de ton dévouement.

— Dieu soit loué ! s'écria Georges ; je craignais de t'avoir affligée, mais je vois que tu acceptes avec résignation notre mauvaise fortune. Tout va bien ; je travaillerai avec courage et je trouverai une récompense dans le bonheur que je t'aurai donné. Demain je commencerai ma nouvelle vie.

— Ce que je redoute, c'est que tu ne puisses supporter ta fatigue ; si tu tombais malade, je me le reprocherais, parce que j'en serais cause.

— Ne crains rien ; je suis robuste, et le bonheur d'être auprès de toi me donnera des forces. Je suis sûr que je trouverai bientôt du travail. Nous allons enfin couler des jours tranquilles.

— Oui, mon cher Georges, nous coulerons

des jours tranquilles, et nous jouirons au moins du calme et de la confiance que ne donne pas toujours la richesse.

Le lendemain, Georges se présenta chez le premier tourneur de la ville, qui occupait plus de vingt ouvriers.

— Mon garçon, je ne demande pas mieux que de vous occuper, lui dit M. David (c'est le nom du tourneur) ; mais il faut que je sache ce que vous savez faire. Tenez, prenez ce morceau d'ivoire et tournez-en une pièce d'échecs. Nous causerons après.

Georges prit l'ivoire, se mit au tour, et au bout de quelques instants il sortit de ses mains un petit chef-d'œuvre qui mit le tourneur dans le ravissement.

— Allons, je ne puis refuser un ouvrier aussi habile que vous.

Ils convinrent d'un salaire qui était assez élevé, et Georges devint artisan.

Il s'écoula une année sans qu'il se passât rien

de nouveau qui lui parût devoir changer son sort.
Son patron l'aimait chaque jour davantage, et
Georges commençait à se réconcilier avec sa bi-
zarre destinée. Il passait ses soirées avec sa mère
et consacrait le peu de temps qui lui restait à
continuer ses études théologiques.

Un jour, maître David lui dit :

— Mon cher Wald, le prince Hermann, le
frère de notre roi, désire décorer quelques pièces
de son palais de toutes sortes d'ouvrages de tour,
et il m'a chargé de lui présenter des modèles ;
comme il me faudrait beaucoup de temps pour
les dessiner, je vous prierai de faire ces dessins,
qui seront bien payés.

Après avoir pris les instructions de son patron,
Georges se rendit au palais du prince et fut conduit dans une grande pièce où il devait exécuter
ses travaux. Il se mit sur-le-champ à l'œuvre, et
déjà il avait fait quelques dessins d'une admi-
rable délicatesse, quand il vit entrer dans la pièce
où il travaillait un jeune garçon d'une douzaine

d'années, qui regarda son travail. Il accabla Georges de questions, auxquelles celui-ci répondit avec la plus grande complaisance. Tout à coup l'enfant s'interrompit en disant :

— Allons, il faut que je me mette au travail ; sans cela, mon père me gronderait.

Il ouvrit un bureau d'acajou qui était orné des plus riches incrustations et se mit à l'étude, tandis que Georges continuait à travailler.

Au bout d'une demi-heure, Georges entendit un soupir s'échapper de la poitrine de l'enfant.

— Qu'avez-vous donc à soupirer? lui dit Georges.

— Je ne puis faire mon thème, et mon père va me gronder.

— Vous n'avez donc pas de gouverneur?

— Il est parti depuis huit jours.

— Parti pour ne plus revenir?

— Oui, et mon père en cherche vainement un.

— Si je vous aidais un peu, en seriez-vous content?

— Vous, m'aider ! Si vous pouviez, j'accepterais de grand cœur.

— Voyons votre devoir, lui dit Georges.

Au lieu de lui corriger les fautes dont son thème était rempli, il les lui fit trouver de lui-même et laissa l'enfant dans un étonnement sans égal.

— Vous ne m'avez pas aidé, et pourtant je comprends mieux mon thème que quand mon professeur me donnait des leçons.

— Si vous voulez, nous continuerons vos devoirs.

Tous les deux se mirent à l'ouvrage, et bientôt les longs devoirs qui avaient coûté tant de soupirs à l'enfant furent terminés. Il s'en alla joyeux porter ses devoirs à son père, en promettant à Georges de venir le lendemain travailler avec lui.

Après le départ de l'enfant, Georges essaya vainement de se mettre au travail ; une pensée lui occupait l'esprit : Si je pouvais devenir le gouverneur de ce jeune garçon, nous serions sauvés.

— Père, dit le petit Frédéric en entrant dans l'appartement où était assis à un riche bureau un homme d'un âge mur et d'un extérieur majestueux, j'ai fait aujourd'hui une précieuse connaissance.

— Quelle connaissance ? lui demanda son père.

— Celle d'un ouvrier tourneur qui s'appelle Georges.

— Comment as-tu pu faire en si peu de temps une connaissance si intime ?

— Il m'a aidé à faire mon thème et ma version, et m'a expliqué ce que je ne comprenais pas, de manière à me rendre faciles les choses les plus obscures.

— Un ouvrier tourneur !

— Oui ; j'aurais voulu que tu visses avec quelle facilité il s'exprime. J'ai plus appris avec lui en une demi-heure qu'avec mon gouverneur en huit jours.

Le père se fit rendre par l'enfant un compte exact de ce qui s'était passé.

— Reviendra-t-il demain ?

— Sans doute. Du moins il me l'a promis ; car il doit m'aider encore à faire mes devoirs.

— Je désire voir s'il continuera la tâche qu'il a commencée.

— Tu le verras. Il est bien gentil, Georges.

XI.

LA BÉNÉDICTION DU CIEL.

Neuf heures sonnaient, quand Frédéric entra en sautillant dans la chambre où travaillait Georges.

— Dis donc, Georges, m'aideras-tu aujourd'hui?

— Sans doute, mon cher enfant, puisque je te l'ai promis.

En disant ces mots, il posa son crayon et se mit à la table où travaillait Frédéric. Tous les deux furent bientôt plongés si profondément dans leur travail, qu'ils n'entendirent pas le bruit léger d'une porte qui s'ouvrait derrière eux. Au bout d'une heure, les devoirs de Frédéric étaient terminés.

— Sais-tu, Georges, que jamais mon père n'avait été aussi content qu'hier de mes travaux ? Aussi je n'ai pu m'empêcher de lui parler de toi.

— Que lui as-tu dit ?

— Que tu es bien complaisant ; et il m'a promis un beau petit cheval de carton, si je travaille pendant huit jours comme j'ai fait hier.

— Eh bien ! nous travaillerons ensemble, et tu gagneras ton cheval.

— Je crains bien de ne pas avoir ce cheval que je désire tant,

— Pourquoi ?

— Parce que tu ne voudras pas m'aider tous les jours.

— Qui te l'a dit ?

— Quoi ! tous les jours tu m'aideras comme hier et comme aujourd'hui ?

— Tu peux compter sur moi, puisque je te l'ai promis.

— N'ai pas peur, Georges, je parlerai de toi à mon père, et je lui dirai de toi tant de bien, qu'il t'aimera comme je t'aime.

Frédéric allait sortir, mais il poussa un cri en apercevant son père. Georges, en entendant le cri du jeune garçon, tourna la tête et aperçut le prince, car c'était lui. Il se leva, rouge d'embarras, et se tint debout la casquette à la main.

— Asseyez-vous, lui dit le prince ; je désire avoir avec vous un petit entretien. Frédéric, retire-toi ; j'ai besoin de causer avec Georges.

Quand l'enfant se fut éloigné, le prince dit à Georges :

— Je dois vous avouer que depuis une heure je suis dans cette chambre, et j'ai été surpris de trouver tant de savoir chez un simple artisan. Êtes-vous réellement ouvrier tourneur?

Georges se tut ; mais le prince put facilement lire sur son visage le combat qui se passait en lui.

— Parlez-moi avec confiance, lui dit-il ; je vous affirme sur l'honneur que je suis digne du secret d'un honnête homme.

Georges lui raconta alors comment il avait étudié en théologie et avait été obligé, pour soutenir sa mère, de travailler de ses mains.

— C'est bien, lui dit le prince après lui avoir adressé plusieurs questions ; vous aurez bientôt de mes nouvelles.

Il fit à Georges une légère inclination de tête et le laissa dans un état de perplexité difficile à décrire.

Plusieurs jours se passèrent sans que le prince donnât signe de vie. Georges aidait chaque matin au petit Frédéric à faire ses devoirs, sans soupçonner que pendant la leçon il était surveillé par le père de son jeune élève.

Le dimanche arriva, et Georges, qui passait cette journée avec sa mère, était occupé à lui lire la *Vie des Saints*, quand il vit entrer un domestique portant la livrée de la maison du roi, et qui lui remit une dépêche.

— Il n'y a pas de réponse, dit-il en se retirant.

Georges tint pendant quelques instants la lettre dans sa main, sans oser l'ouvrir ; enfin il se décida à briser le cachet. Il déplia le papier que couvrait l'enveloppe, et, après en avoir lu le contenu, son visage se couvrit d'une pâleur mortelle, et il se laissa retomber sur sa chaise.

— Mon cher fils, s'écria sa mère, qu'as-tu ? Serait-ce une mauvaise nouvelle ?

— Oh ! non. Dieu nous a bénis, ma mère. Ecoute.

« Monsieur,

« Sans que vous vous en aperçussiez, j'ai, chaque matin, assisté aux leçons que vous donniez à mon fils, et j'ai reconnu en vous les qualités d'un excellent professeur. J'ai pris sur votre compte les informations les plus minutieuses, et j'ai pu me convaincre de la vérité de vos assertions. Un fils aussi dévoué que vous ne peut qu'être un excellent professeur et un ami fidèle. C'est pourquoi je vous envoie sous ce couvert la commission de gouverneur du prince Frédéric.

« Votre tout dévoué,

« Le prince Hermann. »

Un cri de surprise et de joie s'échappa de la poitrine de la mère de Georges, qui embrassa tendrement son fils.

— Dieu te bénit, mon cher enfant, lui dit-elle d'une voix entrecoupée par des larmes de joie ; remercions le Seigneur de la grâce qu'il nous a fait d'abaisser sur nous des regards de bonté.

Quand les premiers élans de la joie eurent fait place à la réflexion, Georges lut sa commision avec plus d'attention, et vit qu'il était pour six années nommé gouverneur du jeune prince, avec un traitement de 4,000 fr.

XII.

CONCLUSION.

Les fonctions de gouverneur du jeune Frédéric étaient d'autant plus agréables, que le prince Hermann était un homme d'un noble caractère, qui regardait le gouverneur de son fils comme un homme méritant, par ses talents, toute sa considération, et le traitait plutôt comme un ami que comme un salarié.

Malgré son élévation, Georges conserva son

caractère modeste et son humilité ; il avait la conscience de sa valeur, sans en être plus fier. Il était plein de dévouement pour son bienfaiteur et d'affection pour son élève ; il se plaisait à orner son esprit des connaissances les plus variées.

Quoiqu'il eût à sa disposition plus d'argent qu'il n'en avait jamais eu, il n'en continua pas moins à vivre avec toute la simplicité qui convenait à son caractère, et il ne perdit rien de sa piété.

Il faisait de son traitement un noble emploi : il en donnait la moitié à sa mère, en appliquait le quart à ses besoins personnels et donnait le reste aux pauvres. Aussi était-il béni de tous ceux qui le connaissaient.

Il y avait une année que Georges était gouverneur du jeune Frédéric, quand il reçut du prince Hermann l'invitation de paraître à une fête qu'il donnait en l'honneur de son frère, le roi régnant. Il y fut accueilli avec la plus sincère considération par ceux qui le connaissaient, et parmi lesquels on pouvait compter des personnes appartenant à la plus haute noblesse. Il était plongé dans sa rêverie accoutumée, quand il sentit une main se poser familièrement sur son épaule. Il se retourna et aperçut le jeune Adalbert de Wildstrom, qui lui sauta au cou et l'embrassa avec effusion.

— Vous ici, monsieur ! Je vous croyais en Italie.

— Non, mon ami, j'en suis revenu. Mais, je t'en prie, quitte ce ton cérémonieux et n'oublie pas que je suis ton ami, comme le jour où nous eûmes, à Heidelberg, notre dernier entretien. Tu me regardes avec surprise. Tu me trouves bien changé ?

— C'est vrai ; je t'ai quitté frais et vigoureux, et je te retrouve courbé par la souffrance ; tu as dix ans de plus qu'alors.

— Tu as raison ; mais ma santé se rétablira ;

j'ai voulu trop vivre en peu de temps. Je porte la peine de mes folies.

— J'avais plus raison que toi, quand je te disais que l'on court vainement après le bonheur ; tu vois que tu n'as pu être heureux, puisque tu as donné la santé en échange de quelques vains plaisirs.

— Mais non, tu exagères ; j'ai bien un peu souffert, mais, je te l'assure, je suis content, heureux.

— Et cette vie agitée te satisfait toujours ? Toujours ton cœur et ta conscience y trouvent leur compte ? Non, non, Adalbert, tu n'es pas heureux.

— Eh bien ! oui, je souffre encore, mais moins que je n'ai souffert ; j'ai longtemps vécu au milieu d'une vie dissipée dont chaque journée abrégeait ma vie de quelques semaines, et j'ai fini par me lasser de plaisirs qui ne prenaient pas leur source dans l'esprit ; je cherchai la dissipation dans les voyages et je parcourus l'Europe d'un bout à l'autre. Je visitai Paris, Londres, Vienne, Naples, où les plaisirs les plus variés m'appelaient. A Venise, je devins joueur ; mais bientôt le jeu me fit horreur, et je ne voulus plus toucher une carte ou un dé. Peu à peu je me lassai de tout ; aujourd'hui je ne sais plus que faire pour ne pas avoir de la vie un dégoût si profond, que je ne pourrais plus avoir la force de vivre.

— Je vais, en ami véritable, te donner le moyen de reprendre à la vie le goût que tu as perdu, et de trouver encore le bonheur. Ta place, celle à laquelle te donne droit une naissance illustre, est près du trône ; là, tu pourras être utile à ton pays, et tu seras heureux d'un bonheur qui sera ton ouvrage. Je te conseille de songer sérieusement à ce projet ; il convient à ton goût et à ton caractère.

— Si je suis heureux par toi, en suivant ton conseil, veux-tu me promettre de rester près de moi ?

— Je te le promets.

— Eh bien ! Georges, adieu ; tu entendras bientôt parler de moi.

Une année après cette conversation, Adalbert était le ministre d'un des souverains de l'Allemagne ; il appela près de lui Georges, qui se rendit sans hésiter à son invitation et devint son plus fidèle ami.

L'étudiant d'Heidelberg, l'ex-gouverneur du prince Frédéric, ne tarda pas à devenir surintendant de tout le pays, et son nom n'est jamais prononcé sans être accompagné d'une bénédiction. Sa mère mourut peu de temps après qu'il eut rejoint Adalbert, et il la pleura avec la tendre piété d'un fils. Il fit venir auprès de lui le bon pasteur de Blumrode et la vieille Christine, qui lui aident sans doute à supporter la vie et sont de moitié dans ses bonnes actions. Heureux par la pratique des vertus qui font de l'homme l'orgueil de la nation, ils ne comptent leurs journées que par des bienfaits. Adalbert a enfin trouvé le

bonheur après lequel il avait si longtemps sou-
piré, et c'est à Georges qu'il le doit ; aussi re-
mercie-t-il chaque jour le Seigneur de lui avoir
donné un si fidèle ami.

FIN.

TABLE.

—

FIN DE LA TABLE.

Rouen. — Imp. MÉGARD et C⁰, rue S.-Hilaire, 136.